攝影・詩 II

從 心 出 發 ， 相 由 心 生

文字・影像

曾進發

雲浪席捲臺北城
2014 06 23 攝於 新店 東華聖宮

《從心出發，相由心生》我的攝影觀！

攝影是攝影師觀察現實萬事萬物，並與之溝通對話，然後跳出現實萬事萬物空相。從內心呈現出「內心的景象」。最後利用純熟的攝影技巧完整呈現之。好的攝影作品充滿故事性與想像延展空間。可以讓觀賞者在心中有共鳴的想像畫面並為之感動。

攝影與其他藝術的創作原理我認為是相同的，只是利用的工具不同——藝術創作的工具是相機，那麼作品就是攝影相片；藝術創作的工具是文字，那麼作品就是詩歌、散文、小說；藝術創作的工具是音符，那麼作品就是音樂；藝術創作的工具是顏料，那麼作品就是繪畫；藝術創作的工具是攝影機，那麼作品就是電影……

我深刻的認為，攝影與詩與音樂與美術與文學……等藝術創作來源相同。就是《從心出發，相由心生》。

我特別撰寫一篇〈相由心生〉攝影與藝術創作論述，收錄在書末164~175頁。鉅細靡遺詳述我的攝影藝術創作觀。

二刀流

日語有個十分經典的詞彙，叫做「二刀流」（にとうりゅう），原本指的是雙手發動攻擊的武士劍法，後來運用在棒球上，則是形容運動選手同時具有投球與打擊雙項才能，因此，其英文又稱為 Two-way Player。

擁有「二刀流」的能力，通常來自於與生俱來的天賦，我們可以歸諸為上帝的賜予，還有些人是出於自覺，也就是經由後天有意識的學習與自我培養，來成就個人的成長，同時也建立大眾的典範，在曾進發先生身上，我看到兩者兼具的氣質與耕耘。

這樣描述我所認識的曾進發，應該不是溢美之詞，因為在東方社會與文化圈，我們經常認為琴棋書畫、一通百通，它談的是精神文明的底蘊問題，認為只要涵養足夠，不論透過什麼樣的形式來表現，修為都會相通，也會相當。換言之，好像沒什麼稀奇。

但是能夠一手寫詩，一手攝影，同時都掌握在層次以上，而且不斷的進化精煉，這並不是一件想當然耳的成就。

大家都瞭解，會寫詩，先天的成分可能大些，而攝影，要操作相機、運用鏡頭，這要從器械的使用開始學起，而後才可能進階到藝術的領域，這是兩個不同的長處，要能同時兼備，而且駕輕就熟進入化境，不是件容易的事情。

最近幾年，曾先生的詩影作品開始陸續在《自由時報》發表，作為一個編者，在看到他的創作源源不絕產出時，不只是豐富宴饗可以形容。事實上曾先生的生活閱歷，透過作品的呈現，展示出另一番風華，這是閱讀者額外的收

穫，值得細細品味。

同時，我也想提醒，詩最善於表達冥想，這涉及的是大腦密集的活動，影像強調的則是視覺的效果，其構成的是立體的建構，這二者合而為一，又能幻化出多度空間的轉換，真是一個非常有趣的過程。

《攝影·詩 II：從心出發，相由心生》的出版，代表著作者又一次欣喜的孕育與誕生，必須給予由衷的祝福，因此為序推薦。

──鄒景雯／《自由時報》總編輯

詩情洋溢的攝影詩人

認識曾進發是在幾年前在拍攝翠鳥的場地,當時第一眼只是覺得他是位很普通的攝影人,帶著攝影重裝備,穿著光鮮混搭的臺客裝,起初也不以為意,經過攀談和交流之後,才發現人稱「發哥」的曾進發在粗獷不拘小節的外表下,是位頭腦清楚,心思縝密,有想法的藝術攝影人。

曾進發的創作藝術夢就在五十歲以後逐漸成長茁壯,對於曾經是為民喉舌的民代和廣告創意總監為生活和工作歷練,也讓讀者看到那種理想和現實中的反差,在詩文攝影情緒鋪陳中展現無遺。我在曾進發的前一本著作《攝影‧詩:詩情攝意》閒聊笑著說可以再出第二本書讓更多人分享及欣賞,果然這位「追尋夢想永不嫌晚」詩情洋溢的攝影詩人,早已有計畫地開始著手寫詩和集結攝影作品。

這本《攝影‧詩II:從心出發,相由心生》內的攝影作品有曾進發自己的想法,不受傳統學界的框架,因為沒有進入攝影學會學習構圖攝影薰陶,也沒有攝影沙龍唯美調性的影響,所拍即所見這樣的看似土法煉鋼的攝影風格,竟也受到國際攝影大賽的青睞,大獎連連,屢獲佳績,成為得獎常勝軍,成為「臺灣之光」(曾進發累計國際攝影金牌接近 150 面),對於習慣以沙龍調的攝影家而言,曾進發的「天然流」來自源源不絕的藝術創作力的攝影調性可稱為「攝影異類」,的確對攝影學界和學會教育有很大的衝擊。

與曾進發互動時不難發現他的真性情,只要放開心胸同調後,就能融入屬於發哥自然 high 的世界。曾進發有中央大學中文系的文學背景,以及生活工作多年歷練,對於抒

發詩文圖像表現深度及厚度，也更能描述更深入更能貼進人心，這也有別於一般攝影者只想獵取或複製影像的思維。

曾進發這本《從心出發，相由心生》的詩文攝影書集結了一些生活紀錄拾影，靈光乍現的瞬間，即是獲得到國際攝影大賽中得大獎的金牌作品，對於他投注的心力、攝影實力及持續的創作力來說，讀者有福了。

——江哲和／台北攝影學會榮譽理事長

2021 年 6 月

心想，就由心出發

一、詩，文學、藝術，都是從心來的；詩，文學、藝術，表現愛和真、善、美；從詩，文學、藝術開始，讀者、觀賞者，我們都看到了創作者內心純真的愛和他們表現出來的真、善和美……

曾進發老師的作品《攝影‧詩II：從心出發，相由心生》，我們也很具體的看到了他內心真誠的愛和真、善、美這麼珍貴的特質。

二、這是一本非常珍貴的詩、攝影集，內容豐富、多元，是集攝影家、詩人、藝術家，也是旅行家曾進發老師最新的傑作，我很開心欣賞了他的每一幅攝影作品，也很用心仔細拜讀了他的每一字、每一首詩；我是非常羨慕進發老師，他又完成了這麼一本極珍貴的著作；在將付印之前的此刻，他讓我有機會先讀為快，又讓我為他這麼極珍貴的「攝影‧詩II」作品集寫序，我是十分榮幸的。

三、我個人長久以來，喜愛詩、喜愛繪畫，也很喜愛旅行，喜愛多走走看看；所以特別羨慕進發老師，他走過的好多地方，如國外，有日本的：楓葉迴廊、北海道、山梨、札幌、奈良、河口湖、偕樂園、青森、京都、大阪等；澳洲的，有：雪梨港、Grafton 等等；中國大陸的，有：四川四姑娘山、亞丁風景區、山西榆次、福建霞浦、桃園觀音等等；至於我們自己的寶島臺灣，他走過的當然就更多，如：宜蘭太平山、永鎮廟海邊、大湖馬拉邦山、南投合歡山和日月潭以及武界部落和草頭坪、竹南博愛街和龍鳳漁港，以及中港溪出海口、金龍山、石門山合歡群峰、新北金瓜石和三峽鳶山、淡水紅毛城、菁桐車站、林口水牛坑、

花蓮興泉圳、砂卡噹步道、臺南白河林初埤、新竹峨眉水濂洞和五峰涼山部落以及中華大學、嘉義朴子溪、番路鄉、苗栗造橋、苑裡、臺中武陵農場等等，更多的地方，我都沒有機會和能力去走走，所以我是真的十分羨慕……

四、「從心出發，相由心生」這是曾進發老師的「攝影觀」，他在這本詩與攝影集的序文裡，開宗明義的十分真誠的告訴我們，讓我們讀者很明確的知道了，作為一個攝影家，他是如何忠於他真誠的心來完成他心中珍貴的影相攝影，同時也告訴我們，作為詩人，他是如何的「從心出發，詩由心生」，是理所當然的，詩寫了他的內在心靈的真實、真情的純真和對人生的種種獨特的感悟，讓讀者有機會分享；這也正是我所敬佩的。

五、詩是善良的語言，也是語言的藝術；從心出發，詩人、文學家、藝術家，無不處處認真、敏銳、細微的很在意的將自己獨特追求獲得的表現又力求精進的，使每一樣每一件每一首詩的完成，都決定在於初心的最原始的剎那，無私的呈現出來，因此，作為攝影家、詩人、文學家、藝術家的進發老師，他是時時都擁有一顆最真最純最美的愛心；從進發老師的每一幅攝影作品或每一首詩的表現，我作為一個單純的讀者，首先獲得的最具體最佳的感受，是真誠美好、美善的享受，甚至於達到精神心靈療癒的共鳴；我也樂意先在這裡和讀者分享。

六、有關於詩、文學、藝術的追求，個人長久以來的體會和感悟，作為一個純粹的愛好者，一直以來我自己就有一分心得，不妨也藉此機會和讀者分享，同時也回應了我拜讀欣賞進發老師這部《攝影・詩 II》的一小部分回饋；一直以來，我不斷的寫詩、畫畫，我認為詩、繪畫，甚至於所有的文學、藝術都是可以「玩」的；寫詩，

可以玩文字，玩心情，玩創意；繪畫也是一樣，可以玩色彩、玩線條、玩空間、玩心情，最終的目的，就是要玩創意；創意，是非常重要的，有創意，作品才能成就自己獨一無二的真正的作品。讀進發老師的詩和攝影，我處處都發現他在這些方面的表現和成就，讓人十分驚喜！他是勇於創新的。

七、詩的情意之純之美，以及「玩文字」這兩方面，我的發現和感受到的，進發老師的成就，是隨處可以獲得不少閱讀詩的愉悅以及令人激賞之作，例如情意之純之美的作品，在〈城裡的星光〉、〈當愛真的已成往事〉、〈玉山杜鵑與斜射光〉、〈在這之前一切都還算簡單〉、〈揹著月亮散步〉、〈讀一杯咖啡〉等等，而「玩文字」的信手成功之作，我們同樣不難從他下列詩作獲得具體的印證，如：〈雪花飄落的聲音〉、〈砂卡噹 沿路水聲叮叮噹噹〉、〈置物櫃〉、〈窗蓮〉、〈詩的顏色〉、〈夢的旅行〉等等，既質樸純真又富有畫面，因此，欣賞曾老師這部最新《攝影‧詩》，是輕鬆愉快的，希望讀書不要錯過；此外，還有如〈圈圈〉（視覺詩）、〈詩的顏色〉、〈伏流水〉、〈放空〉、〈瘦金體〉、〈阿祖底咧車衫仔褲〉、〈球狀閃電〉、〈接線生〉等等，閱讀風景之美、閱讀詩之美、閱讀情意之美、閱讀心靈之美，細細品嘗、細細回味，無一不是精神、心靈的至高享受，甚至是一種心靈的流浪之美，都在在令人嚮往。

在這裡，我不禁也有一股強烈的欲望，真的期待很快能再次欣賞到他的《攝影‧詩》第三輯的機會⋯⋯

——林煥彰／詩人、畫家、兒童文學作家

2021.06.13/09：39 研究苑

相中有畫，畫中有詩，詩意則輝映於相中

與曾兄結緣始自一場曾兄主辦的攝影活動，是日應友人邀約參與盛會。拍攝過程中對其帶領團隊所做的事前縝密規劃，臨場指揮若定，及幹部的配合默契，另眼相看，更對其宏亮的嗓音，粗獷的造型和自然奔放不做作的言談舉止，留下深刻印象。唯因時任臺灣攝影學會理事長，會務繁重，加上個人及公司事務，只能暫將美好印象，銘記腦海中。直到有天收到一本書籍，打開一看正是曾兄的第一本大作：《攝影·詩：詩情攝意》，驚喜之心「令我立即拜讀」舒暢的感受很快充滿內心；也深深察覺發哥「攝影眼」的發想「源起正是來自『相由心生』的內省」，而源源不絕的創作動力，則是得力於年少即深藏心中的衝動熱血和理想。

近日榮幸能在新書付梓前，先行閱覽本書收錄的攝影作品及匹配新詩，感受到前書仿如一顆萌芽的種子，以無限生命力，深入各題材領域發展；本書則以風光為經，人文為緯，交織出一番天人合一的情境，更添一分沉穩與內斂。如〈置物櫃〉以時空重構的技法「用千年來的歷史情懷來隱喻腦中記憶深處的情感」實屬罕見手法。寫著（聆聽 雪花飄落的聲音 嗓音甜蜜的跟雪白糖霜一般 美麗的可以將一切陰鬱暫時遮掩）將日本（聽櫻）的情境完全融入作品中，正是以詩人的細膩心思，傾聽雪的呢喃細語，達到天人合一情懷的寫照！

〈佛光 螢語 話傷情〉將自然生態的實境與佛的慈祥意象，透過冷暖色調的對比，物像大小的對比，虛實的對比，營造出視覺上的激撞，並佐以詩詞引發心靈的漣漪，使攝影家內心澎拜洶湧的人文情懷，表露無遺！

書中尚有許多未及細細品味之作，有待讀者花心思去感受，發掘深藏的內涵，相信每位讀者都會有海闊天空的思維意境。總結閱覽感

受，正是——相中有畫，畫中有詩，詩意則輝映於相中！既可悅目，又宜賞心神遊！

——徐添福／臺灣攝影學會榮譽理事長

於歲次辛丑年‧端午節

紀錄人生風景 收穫生命體悟

「追尋夢想永不嫌晚」，這是我從相識多年、人稱「發哥」的曾進發身上所體會並見識到的；過去認識的曾進發，曾經是一名為民喉舌的民意代表，也曾是一位為客戶服務的廣告公司創意總監；然而，現在的曾進發，是一個為自己而活的創作人，也是得獎無數的藝術家。

曾進發在前一本著作《攝影‧詩：詩情攝意》自序的標題寫著：「五十歲，可以開始追夢了！」這才知道原來那顆深埋在發哥心中的創作種子，蘊含著能量，一直在等待時機迸發。我們在人生的過程中，經常會在理想與現實中來回擺盪，也為了追尋夢想和現實生活而折衝與徬徨；在面對艱難的抉擇中，發哥的作品著實給了每位追夢人一劑強心針，也告訴每個人，唯有起身行動，機會才會屬於你。

這次很榮幸能在作品付梓前先行初閱，本次收錄的詩作與攝影，除延續前作的大器與細膩外，更添一分中年的體悟與柔情，還有依然活躍的赤子之心；例如其中一篇攝於大湖馬拉邦山的〈暗夜行路〉：「驀然回首／美麗動人的往事卻隱藏著繞枝的刺／……／眼前的路似乎永遠攤向兩端／一端叫做前進　一端叫做回首」還有攝於竹南中港溪出海口的〈曬網〉所寫：「曬乾後的情網／味道總是鹹的晶瑩剔透恰到好處／這鹹度用來拌飯口齒留香剛剛好」；又如另一篇攝於苑裡東里家風的〈婆婆媽媽的午後編織往事〉寫到：「往事每次重新敘述時／色彩的濃度都伴隨著心情微調變化」；在攝影於泰安鄉的〈流浪與鄉愁〉也描述：「流浪的久了就會充滿鄉愁／家鄉靠得太近卻又一心堅決要出走」，字句流淌間皆有歲過半百的體悟。

除此之外，在攝於竹南博愛街的〈窗蓮〉寫著：「蓮連著蓮連著蓮連著蓮連著蓮連成簾／窗簾外每一朵蓮都是妳對我的戀／窗簾內我

是一朵蓮天天黏著妳的憐」，還有攝於造橋南瓜節的〈醉中八仙詩〉：「妳醉了 妳說妳剛剛看到我新練成的二頭肌」，攝於竹南龍鳳漁港的〈夢的旅行〉：「我騎上一束粉紅色的玫瑰花／模仿哈利波特的御風坐姿／飛到一九八一年中央大學女生宿舍拜訪妳」，靈活運用字詞韻律與生動筆觸，不經意地透露出隱含在成熟智慧深處的少男躁動。

以上幾篇刻意挑選與苗栗相關的作品，當然是希望透過發哥的鏡頭，讓更多人認識苗栗之美；不過發哥的腳步與鏡頭，是從故鄉苗栗出發，遍及全世界；本次收錄的攝影作品中，紀錄了他遊歷各地的觀察視角，與前作相較，不難發現除了熟悉的大山大海之宏觀旅記外，更呈現出許多人文關懷之細膩描繪，亦有自然萬物的微觀捕捉，一如曾進發給人的印象，作品中處處充滿鐵漢柔情的韻味，亦呼應「從心出發，相由心生」的創作精神。

一本作品的完成，需要投注的心力往往是外人難以想像；十分感佩發哥源源不絕的創作力，除了屢獲國際大獎的肯定外，更重要是紀錄走過的人生風景，並透過和人分享的過程中，收穫更多的生命體悟。恭喜曾進發，屢創驚喜的您又再度完成一項里程碑，相信這對您而言只是創作旅程的中繼站，期待您繼續創作出更多精湛的作品，在追夢的旅途中閃耀光芒。

——徐耀昌／苗栗縣縣長

攝影・詩 II

目次

第一部 心境

從心出發，可以入相

第二部

情境

止於情，然後生生不息

第三部 詩境

以詩入畫，相由詩生

第一部

心境

二寮斜射光
2017 06 10 攝於 臺南 左鎮

窗蓮

給我一扇這樣子的窗子
給我一整窗淡紫色的蓮

蓮連著蓮連著蓮連著蓮連著蓮連成簾

窗簾外每一朵蓮都是妳對我的戀
窗簾內我是一朵蓮天天黏著妳的憐

初戀沒有完成　愛情才能算是完整

風兒吹動窗蓮連連浮現妳的臉
蓮連著蓮連著蓮連著蓮連著蓮連成臉
年年戀戀蓮蓮念念簾簾臉臉

01

2021 01 12 寫於 竹南 夢田農莊
2020 05 16 攝於 竹南 博愛街

春風吹紅林初埤

春風吹紅了林初埤
木棉花嗶嗶剝剝的開了
老牛車咔咔達達的走著
舊時光滴滴答答的掉入新時光

春風吹紅了林初埤
紅藍綠女熙熙攘攘犁過了紅花道
車水馬龍喧喧譁譁匯流成了市集
手機相機咔嚓咔嚓凍結住了美麗

春風吹紅了林初埤
被淘氣春風輕輕呵癢過的木棉花
每一朵都笑得花枝亂顫

春風吹紅了林初埤
旅人們的對話都塗抹上了一層紅光
歡樂與謝意在嘴角字裡行間裡閃閃耀耀

2019 01 04 寫於 竹南 夢田農莊
2018 03 18 攝於 臺南 白河林初埤
※ 這張照片榮獲：2019 TIFA 東京國際攝影賽 銅牌

山毛櫸又紅了

太平山的山毛櫸又紅了
青春又秋冬春夏輪轉一遍
臉上的年輪也輕描淡寫深刻了一圈

淡藍色的嵐煙在山谷盤旋蒸騰著
很納悶的是我只能從靜寂的夢醒時分
清楚地聽見太平山冒著泡泡的打呼聲

山毛櫸一如往常
左右輕甩一頭布蘭迪金黃色髮絲
鏗鏗鏘鏘的落葉聲
以行禮如儀的語調敘述著生命的無常

我踩得小徑滿地落葉嘎嘎作響
別擔心我呀山毛櫸
我呀尚不至於被寂寞踐踏

03

2020 11 06 寫於 竹南 夢田農莊
2019 11 03 攝於 宜蘭 太平山

置物櫃

治療失眠的心靈導師
教我在腦海裡製造一些置物櫃
分門別類存放那些東奔西竄記憶

豔紅色置物櫃存放愛情故事
黃橙色置物櫃存放家庭親情
濃藍色置物櫃存放一些遺憾
暗灰色置物櫃存放一些驚懼與挫折

每當夜闌人靜夢寐時分
紅色聲音黃色聲音藍色聲音灰色聲音
依舊乒乒乓乓的滲透到枕頭深處

對於腦中的置物櫃
我想我只學會了關門
還學不會鎖門

04

2020 09 11 寫於 竹南 夢田農莊
2020 08 30 攝於 大溪 富桂園
模特兒：臺灣名模 賴心雅

秋天的味道

剛剛曬乾的棉 T 恤
有秋陽的味道
被秋陽曬出淚珠的楓葉
有月亮的淡藍色味道

曬著月光與酒
作了一夜淡藍色的好夢
夢中楓葉飄落了好幾回
熟悉的人影在淡藍色螢幕重複播放
棉布製成的枕頭有淚水的鹹鹹味道

時間的味道輕飄飄的又很沉重
很輕鬆的就壓落樹梢上的紅葉
秋天的味道淡淡的
有重金屬搖滾嘶啞吶喊味道

2021 01 12 寫於 竹南 夢田農莊
2016 11 24 攝於 京都 永觀堂 日本国

雪花飄落的聲音

係金ㄟ
二月的北海道
你聽得見雪花飄落的聲音

雪花乒乓乓乓落在舊本廳舍的巴洛克屋頂
雪花鏗鏗鏘鏘落在小樽晶瑩玻璃硝子上
雪花叮叮咚咚落在丹頂鶴白色羽毛上

雪花絮絮叨叨落在北國冰原上
一片二片三片四片
變魔術般的統統都變不見

係金ㄟ
聆聽 雪花飄落的聲音
嗓音甜蜜的跟雪白糖霜一般
美麗的可以將一切陰鬱暫時遮掩

06

2020 02 18 寫於 日本 釧路
2020 02 16 攝於 札幌 舊本廳舍
※ 這張作品榮獲：2020 MIFA 莫斯科國際攝影賽 銅牌

接線生

電話鈴聲響起　妳好我是接線生
妳搖曳著一頭長長的黑髮走進我的記憶
聲音伴隨著三月紫藤花糾纏的紫色香氣起伏
既然是無緣的戀曲
我想我最好就是當個稱職的接線生

我接通過妳春天的相思電波
我接通過妳夏天的奔放電波
我接通過妳秋天的悲傷電波
我接通過妳冬天的孤寂電波

既然是無緣的戀曲
我想我最好就是當個稱職的接線生

我是一個不會觸電的接線生
不定期接收妳的情緒電波
而每多接一通電話
絕緣體總會多幾道枯樹般閃電狀的細細裂紋

2014 04 12 寫於 竹南 夢田農莊
2014 03 28 攝於 新竹 中華大學

詩的顏色

在秋天裡

我用相機訪問了楓樹林

木橋　妳的背影　還有　藍藍的天空

這樣子

妳就讀得到

我　詩的顏色

清冽的紅葉楓林裡

妳輕輕的引吭清歌

像個雀躍的女孩兒

這樣子

我就聽到了　迴盪在楓林裡

妳　詩的顏色

2020 01 14 寫於 竹南 夢田農莊
2017 11 22 攝於 日本 河口湖

冰湖釣魚

白色的羅臼岳彩色的帳篷
銀灰色的冰湖鉛藍色的天空
冷冽寒風如冰作的匕首長驅直入

拉下帳棚白色拉鏈
將厚厚冰層鑽開圓圓冰洞釣魚
愛情像冰層下方滑溜溜的冰魚
游來游去游來游去模模糊糊難以捉摸

北國冬季是一幅極簡懷舊的黑白畫
躲藏在避風帳篷內我戰戰競競垂釣著
沉潛在水底還會呼吸的愛情故事

而這些故事呀是永遠不會浮出水面的

2020 11 17 寫於 竹南 夢田農莊
2019 02 19 攝於 日本 北海道 知床半島

往事

昨天被昨夜往事化了
今天被今夜往事化了
而明天也即將被明晚的夜色往事化

時間在濃藍色金蔥布料似的天空
裁裁剪剪著
我們日復一日的故事

往事
就像忽明忽滅亮晶晶的星子
朦朧美麗閃閃發亮
看似舉手可得卻又無限遙遠

2019 09 18 寫於 竹南 夢田農莊
2016 07 04 攝於 合歡山 瑪雅平臺

三絃

七夕情人節龍鳳漁港的黃昏
潮間帶被沙洲切割成三道藍調彎流
彷彿愛情流浪的三線路

行動卡拉 OK 正在播放夏川里美的淚光閃閃
三味線輕輕撩撥濃藍色愁緒
歡度情人節的人兒呀往往正在為情所苦

如果愛情是一把三絃琴
一條絃留給自己
一條絃留給枕邊人
第三條絃則是留給遠方的小三

生命如果缺了第三根絃
愛情樂章是否就譜寫得不夠完整呢
夜闌人靜時你總會這樣問自己

2019 08 07 寫於 竹南 夢田農莊
2019 08 05 攝於 竹南 龍鳳漁港

冥想

雙足跏趺　雙掌結印　雙眼輕闔
黑色螢幕蕩漾不絕幻化成寂寥荒漠
寂寥荒漠靜靜湧現出汨汨甘泉
汨汨甘泉緩緩匯流成蔥蔥綠洲
蔥蔥綠洲春生夏長秋收冬藏

那些會說話的故事呀
如夢如幻如真如實如寐如醒如是如非

那些豐富表情的人物呀
如怨如慕如泣如訴如愛如恨如悲如喜

那些糾來纏去的情愁呀
如花如木如風如雨如水如澗如雲如煙

當冥想在懸浮的青煙中開花結果
生活是一段跌宕的起承轉合
生命是一場美麗的雲淡風輕

2017 10 25 寫於 竹南 夢田農莊
2017 02 27 攝於 新竹 五峰鄉涼山部落

離婚協議書

將離婚協議書扔到天空
紙張下墜時情感已改變了質量
忽而輕盈忽而沉重忽而不知飄落方向

結婚以前
我們隔著彩色糖果玻璃紙對看彼此
說話的聲音像裹上了一層玉米糖漿
結婚之後
我們喝著柴米油鹽醬醋茶互嗆對方
企圖將共同往事占為己有

一場婚姻堆疊著太多情緒
聽說有一種幸福叫做包容
聽說有一種遺憾叫做衝動

就讓子彈再飛一下吧
抽屜內泛黃的離婚協議書
有一股感情放置很久變脆了的味道

2021 07 09 寫於 竹南 夢田農莊
2017 10 28 攝於 桂林 相公山
※ 這張作品榮獲：
2020 MIFA 莫斯科國際攝影賽婚紗類 3 面金牌（含類別冠軍）
2020 BIFA 布達佩斯國際攝影賽婚紗類 金牌

抽象派

幫我沏一碗茶　以抽象派的手法
騰滾的霧氣　放縱的葉片
聽濃濃厚厚甘甘潤潤的茶湯入喉
有幽幽微微思思慕慕的苦戀味道　蔓延

幫我斟一杯酒　以抽象派的手法
溫柔的辛辣　清醒的迷醉
跌跌撞撞閃閃亮亮的情絲
糾纏成重重覆覆的糖絲細線　穿梭

幫我描繪愛情　以抽象派的手法
上帝用天啟神力揮舞毛刷
橘色的綠色的藍色的油彩瞬間熊熊燃燒
驚濤駭浪的妖豔色塊　排山倒海向你迎面撲來

抽象派的上帝
有時候會讓你翻閱愛情的辭海
有時候不會

2019 02 02 寫於 竹南 夢田農莊
2019 01 31 攝於 南投 武界部落

我的夢在我的夢境中憔悴了

我的愛在我的愛河間霜凝了
我的情在我的情海裡滄桑了
我的心在我的心湖內涼薄了
我的夢在我的夢境中憔悴了

是時間的淬鍊讓你的眼睛變得晶亮了
是晶亮的眼睛讓你的心神變得光采了
是光采的心神讓你的愛情平靜了夢境憔悴了

那些光采琳琅的愛情
肩並肩排列
錯落在夢的傷口處閃閃亮亮楚楚動人

我的夢在我的夢境中憔悴了
我的夢在我的夢境中的夢境中憔悴了

2018 11 19 寫於 竹南 夢田農莊
2016 08 02 攝於 福建 霞浦

楓葉釀的酒

輕撫著嘴邊花白的短鬚　支頤
晚秋的楓葉被陽光釀成琥珀色的酒漿
關於那場分手　想來遺憾
妳未曾真心地想要離開我
我未曾真心地想要離開妳

關於愛　其實會改變的根本很少
關於愛　其實我們當年懂得太少
宛如青澀的綠色楓葉被疾風強吹落地
來不及等待熟黃與霜紅

釀一缸紅楓蒸餾的酒
琥珀色酒漿漾蕩著陳年的醇濃香氣
啜飲著漫漫的過去　想來遺憾
妳未曾真心地想要離開我
我未曾真心地想要離開妳

2016 11 29 寫於 竹南 夢田農莊
2016 11 24 攝於 京都 永觀堂 日本国

砂
卡
噹

沿
路
水
聲
叮
叮
噹
噹

是　巨岩攔阻了淘氣的溪流產生的嬌嗔
是　溪流刻深了大理石皺紋引發的長嘯
聲音一路奏鳴 16 公里的峽谷彎道
砂卡噹　沿路水聲叮叮噹噹

水聲汨汨水聲涓涓水聲淙淙水聲泠泠
水聲嘩嘩水聲淼淼水聲轟轟水聲隆隆
水聲濺濺水聲潺潺水聲叮叮水聲噹噹

像女孩們情竇初開的喃喃自語呀
像女人們談情說愛的輕聲細語呀
像男人們滔滔不絕的高談闊論呀

泠泠的水聲拍打著歲月的回聲
往日的吳儂軟語緩緩匯流入砂卡噹溪
叮叮噹噹貫穿全身

砂卡噹　沿路水聲叮叮噹噹

17　2017 09 14 寫於 竹南 夢田農莊
2016 09 03 攝於 花蓮 砂卡噹步道

當風兒輕輕吹拂過山丘

駄負著一顆紅豔豔的夕陽
小徑蜿蜒的階梯懸浮著紅橙色嵐霧
相思樹細碎小黃花鋪滿苔綠舊木椅

當風兒輕輕吹拂過山丘
思念好似一滴藍墨水
瞬間藍染了向晚的天空畫布
月光像是有溫度的水緩緩流洩
是冷是熱只有喝過的你最清楚

當風兒輕輕吹拂過山丘
也該是想妳的時候
有情人不能終成眷屬
最傷心的往往都是局外人

當風兒輕輕吹拂過山丘
也該是想妳的時候

18

2017 10 02 寫於 竹南 夢田農莊
2017 03 09 攝於 南投 金龍山

夢的旅行

夢到遠方的妳千里迢迢來看我
在夢中我問妳搭乘的班機
妳說妳是騎乘銜著唐詩的幸福青鳥
翅膀上還載著些莊子宋詞
以及二〇二一年你新寫的攝影詩

夢中的旅行是不需要交通工具的
妳說　想見面時
就把你的影像畫入山水明信片裡
我再乘著明信片飄到夢境去找你

夢是不是也不被時間限制的呀

我騎上一束粉紅色的玫瑰花
模仿哈利波特的御風坐姿
飛到一九八一年中央大學女生宿舍拜訪妳

19

2021 03 25 寫於 竹南 夢田農莊
2016 06 19 攝於 竹南 龍鳳漁港

婆婆媽媽的午後編織往事

媽媽姑姑奶奶婆婆媽媽的聲音
重複紡織著夏天午後天空的經緯線
有時晴空萬里有時打著悶雷
有時候則是下起淅瀝嘩啦的西北雨

一頓頓飯菜的節儉祕方
七八個髒兮兮小孩如何拉拔長大
丈夫的辛勤勞動和不貼心的粗魯對話
楊麗花歌仔戲與沾溼了淚水的花手巾

往事每次重新敘述時
色彩的濃度都伴隨著心情微調變化
婆婆媽媽的午後編織往事
多年之後變成真實又虛幻的美麗傳說

20

2021 05 10 寫於 竹南 夢田農莊
2020 12 13 攝於 苑裡 東里家風
※ 這組照片榮獲：2020 IPA.PX3 國際攝影賽 銀牌

放空

羊群像一朵會流動的白雲
白色的河流呀
一會兒流向東
一會兒流向西
一會兒流向南
一會兒流向北

雲團像一隻胖敦敦的白色大綿羊
暖暖的風把白雲扯成絲絲舊羊毛
一會兒飄向東
一會兒飄向西
一會兒飄向南
一會兒飄向北

我躺在軟軟柔柔的羊絨絮間編織
試圖將人生理出個頭緒
像內洞瀑布下一只軟木塞的漂浮

我聽見剝剝剝剝冒著泡泡的呼吸聲

2021 05 19 寫於 竹南 夢田農莊
2014 07 02 攝於 烏來 內洞瀑布

背影

妳離開的時候
我偷偷拍下妳的背影
背影的曲線弧度宛如
一片被風吹落的紅葉飄墜

櫻花綻放的時節
淡淡的春泉依舊緊緊抓著冷冽的冬雪
枯槁的柳樹嫩黃色的新葉
朝氣蓬勃的悄悄竄生在樹幹的傷口上

妳總是用專情的眼神凝視著我
我卻理所當然的沒有好好面對妳
眼睛中的不安與哀愁

幸福就是要面對面好好注視對方吧
妳離開的時候
我專注的拍下妳千言萬語的背影

2021 05 05 寫於 竹南 夢田農莊
2016 05 30 攝於 宜蘭 外澳海灘

流浪與鄉愁

踩過元月丘陵熟悉的櫻花礫石小徑
山谷間流浪的霧嵐成群結隊落戶成為雲海
牛仔褲半捲的褲管上
沾黏著密密麻麻咸豐草愛流浪的種子

這群黏人的傢伙吵著要我帶它們去流浪
遠離家鄉落地生根到陌生的遠方
唉呀呀　我打從遠方歸來
此刻正走在回鄉的路上呀

流浪與鄉愁彷彿是孿生的憂鬱種子
淺淺的埋種在你感性的心田裡
隨時會孵出豆芽來

流浪的久了就會充滿鄉愁
家鄉靠得太近卻又一心堅決要出走

23

2017 01 27 寫於 竹南 夢田農莊（除夕）
2017 01 20 攝於 泰安鄉 苗栗縣

車軌流過木棉道

車尾燈匯聚成光的小河
沿著木棉花隧道
淘淘不絕地流遍市區的路
同時淘淘不絕地溢流到市區外每條小路

夜　悄悄地從車軌的炫麗光束中走了出來
白日光怪陸離的人情事故暫時被封印
靜　悄悄地從車軌的喧譁呼嘯聲裡走了出來
幾朵木棉花悄悄地漂浮在車軌小河裡

炫麗迷離的光軌
同時也流進旅人藍調心臟的靜脈與動脈

光纖傳遞而來的遙遠記憶　閃閃發亮
那一年豔豔紅紅的木棉道
那一年哼著木棉道民歌綁著馬尾的小姑娘

2017 04 17 寫於 竹南 夢田農莊
2017 04 09 攝於 彰化 二林

銀河醉落去

盤山公路蜿蜿蜒蜒彎彎曲曲
夜的車尾燈被調製成紅綠色潘趣酒

合歡山峰頂上
北斗星用大勺子舀起酒漿豪飲
大口喝酒的星子們對著銀河在划酒拳

醉醺醺平躺在夜空的銀河醒酒了
45 度角慢慢傾斜站起來
以跟跟蹌蹌的節拍
跳著麥可傑克森的 Smooth Criminal

銀河醉落去
酒精把星子們的腦細胞浸了個溼透
鬧嚷嚷一閃一閃的醉言醉語
美麗的讓眼睛都發痛

銀河醉落去
淡藍色天空被魚肚白晨曦緩緩穿透
灑落了一地微涼的靜謐

2020 06 08 寫於 竹南 夢田農莊
2018 04 29 攝於 南投 合歡尖山

第二部

情境

冰川上的丹頂鶴
2020 02 15 攝於 日本 北海道 釧路市 音羽橋
※ 這張相片榮獲：新加坡國際攝影賽 6 面金牌；亞洲百大攝影師比賽 第七名 佳績

城裡的星光

城市夜裡密密麻麻的燈光閃閃爍爍
像是把合歡山的星空摔落到地面上
又彷彿是寧靜湖面的繁星在照鏡子
一個星空連接著一個星空

天上有著星星地上也有星星
當年也是這樣的璀璨風景
當年也是和她相遇分手的地方

因為受傷了所以躲進星星的世界裡
銀河像溫柔的愛的繃帶
用時間的星光療癒著傷口

記憶似城裡的星光閃閃亮亮

有失去刻骨銘心愛情的痛
人生才顯得有情有意

2021 03 12 寫於 竹南 夢田農莊
2021 03 05 攝於 宜蘭 北宜公路

暗夜行路

暗夜即將破曉

山巒比黑夜的黑還要黑

炊煙比迷霧的白還要白

往事比炊煙的輕還要輕

腳步比山巒的重還要重

遠方燈火將嵐霧烘托成為琉璃雲海

夢幻的七彩光暈浮現著玫瑰花似的往事

驀然回首

美麗動人的往事卻隱藏著繞枝的刺

暗夜即將破曉

過去的我　像霧一般

即將被陽光蒸發　慢慢消失

踱著春霧迷離的步伐

眼前的路似乎永遠攤向兩端

一端叫做前進　一端叫做回首

2016 01 31 寫於 竹南 夢田農莊
2015 02 01 攝於 大湖 馬拉邦山

合歡山上的南十字星

那是南十字星嗎
妳吐著白霧化冷空氣這麼說
小呆瓜北半球只有北極星啦

一起躺在冷冽的合歡山主峰
我緩緩告訴妳
白色帆船造型的雪梨歌劇院
尤加利樹吐著煙的藍山公園
黃金瀑布跨年煙火邦黛海灘狂放衝浪者

那是南十字星嗎
金髮藍眼睛小女孩手指天空興奮的問

合歡山上的十字型星空回音
順著 Crown 啤酒瓶瓶口流盪全身
雪梨藍山公園亮晶晶的夜空
重複曝光的南十字星相片疊上了妳的臉

2020 11 10 寫於 竹南 夢田農莊
2016 07 04 攝於 合歡山 瑪雅平臺
※ 這張作品榮獲：2019 TIFA 東京國際攝影賽 旅遊類 金牌

吞雲吐霧

吞吐了九十年的老旱菸
終於聽得懂
菸草與空氣的喋喋不休

取灶上鐵壺沏一碗熱茶
往日人物景象隨時就會懸浮出來
彷彿幻燈片投射在
蒸氣騰騰與霧靄嬝嬝織成的煙幕上

煙霧飄走了煙霧又飄來了
人生呀
永遠有事情會發生
唯一該作的事就是繼續過日子

2020 08 30 寫於 竹南 夢田農莊
2019 12 04 攝於 四川 成都老茶館
※ 這張作品榮獲：2020 MIFA 莫斯科國際攝影賽 銅牌 榮譽

當愛真的已成往事

當妳的離開已經成為一件事實
當愛情真的已經成為往事
一種樂觀的情緒逐漸穿透悲傷
分手已成定局就不再是抽象的概念

愛情是混沌色團交融無法定義的抽象畫
當愛情真的已經成為往事
我踩著抽象派崩壞的步伐
踉踉蹌蹌走進寫實主義的畫景裡

當妳的離開已經成為一件事實
當分手的事實讓愛情的抽象濃霧緩緩散去
天空是清澄的藍　樹林是明亮的綠

一種樂觀的情緒逐漸穿透悲傷
一瓶琥珀色威士忌把腦細胞浸了個茫然
一團柔柔嬝嬝的煙圈輕輕的托住了我的孤單

2020 08 04 寫於 竹南 夢田農莊
2020 07 05 攝於 新北市 平溪
※ 台灣礦工系列組圖榮獲：2020 PX3 法國國際攝影比賽 金牌 暨類別冠軍

玉山杜鵑與斜射光

潔白粉嫩的玉山杜鵑
不悲不喜的開花
自由自在的花落

曾經任性的跟命運討價還價
曾經認真的跟感情斤斤計較
曾經讓聲音披著金黃色的陽光　慷慨激昂
曾經讓聲音穿上淡藍色的月光　溫婉迴囀

不悲不喜的開花
自由自在的花落

石門山坳的玉山杜鵑魂魄
昇華成為奇萊北峰的團團白雲
回首前塵
千言萬語化作千道萬道的斜射光

2017 05 31 寫於 竹南 夢田農莊
2016 05 12 攝於 合歡群峰 石門山

在這之前一切都還算簡單（愛情的髮夾彎）

兩眼交會時天雷勾動地火
兩性交纏時冒險探索與狂熱驚喜
但求動物性的欲念解放
妳不需了解他他不需了解妳
當愛情進展到此刻之前
一切都還算簡單

約會時左顧右盼忐忑不安
離別時患得患失裂肺撕肝
妳試圖想要占有他他試圖想要占有妳
愛情列車即將要駛進髮夾彎
在這之前一切都還算簡單

再走下去是粉身碎骨的萬丈深淵
還是幸福人生的神祕避風港
妳開始想要改變他他開始想要改變妳
當愛情進展到此刻之前
一切都還算簡單

32

2017 09 20 寫於 竹南 夢田農莊
2015 07 05 攝於 新北 金瓜石

滿腹的甜蜜與哀愁

在老地方咖啡館　重逢
被尿布柴米油鹽醬醋茶攪拌發酵的愛情
柴的像陳列架上的木頭麵包

我們像朋友談論起愛情的三道環狀曲線
初相見如溜滑梯滑溜溜的暈眩神迷
再相見似盪鞦韆擺盪著不安與激昂
又相見彷彿海盜船天旋地轉驚聲尖叫

久別重逢
大口吃起妳已經不再忌憚的奶油泡芙
一口一口咬起滑膩的往日情事
我們相視而笑
滿腹的甜蜜與哀愁

33

2020 04 04 寫於 竹南 夢田農莊
2018 07 27 攝於 竹南 麵包工坊

閃電

體制外的愛情像是悶雷之後的閃電
乍然相遇不一定有什麼結果
只是在等待下一道更大的閃電

下一道閃電
兩目相望像天啟照亮黑暗蒙昧人生
青天霹靂熊熊烈火一發不可收拾

閃電過後
不安雜糅著激情激情雜糅著不安
愛情以一種深思熟慮的模式流動著

女人們常常把愛的樓閣
建築在發著閃電的綿密雲朵上
脆弱的撐不住一對雙人枕頭

2021 06 29 寫於 竹南 夢田農莊
2020 08 02 攝於 桃園 大溪富桂園
模特兒：臺灣京劇名旦 余季柔
※ 這張〈刀馬旦追焦〉榮獲：中國 2020 華夏金雞獎 2021 華夏金牛獎金牛大獎榮譽雞

曬網

到中港溪出海口看看漁夫曝曬魚網
順便把自己一張一張的舊情網
攤開來讓海風吹乾
給溫暖的夕陽也曬一曬

陽光曬亮了舊時的紅豔落日
陽光曝黃了昔日的親暱剪影
網子上結了晶的白色粉末
是鹽巴呢還是淚痕

白色鹽粒是愛情蒸餾後的結晶體
也是治療情傷的一帖妙方

曬乾後的情網
味道總是鹹的晶瑩剔透恰到好處
這鹹度用來拌飯口齒留香剛剛好

2017 12 24 寫於 竹南 夢田農莊
2016 12 20 攝於 竹南 中港溪出海口

攝影・詩 II

藍花楹飯店

我來的時候　藍花楹是一棵開滿紫花的樹
我走的時候　藍花楹已經繁華落盡枯枝嶙峋
藍花楹飯店的深紫色花香告訴你
愛情還是會有四季會分春夏秋冬的

藍花楹飯店外紫色的微風飄蕩
紫色的步伐　紫色的味道　紫色的絮語
那年我們的愛情像藍花楹紫爆了

這回我頂著滿頭灰髮而來
春天的藍花楹照著慣例再紫一次
鈴鐺般的花朵像過動的小精靈
愛捉狹的依舊在夢境中將我喚醒

叮叮咚愛情來了十八歲的少年郎
叮叮咚愛情來了十八歲的少年郎

2018 12 10 寫於 竹南 夢田農莊
2016 10 25 攝於 澳洲 新南威爾斯省格拉夫頓（Grafton）

瓶中信

我在臺灣海峽夏日沙灘寫了這封瓶中信
希望能借著黑潮洋流
在秋天抵達日本

如妳所想
終於我在那年楓紅時節離開了妳
悄悄的離開了
妳說送別的滋味對女人來說太椎心殘酷

玻璃瓶中裝著一段綺麗的被思念的時光
臺灣海峽到日本海則是一段波濤洶湧徒勞的旅程
關於愛情
雖然面對面始終無法解釋清楚
至少透過這封瓶中信跟妳道個明白

如果您在日本拾獲這只瓶中信
請記得放入幾片紅色楓葉到瓶內
再將它栓緊放回大海裡
任它隨著海波浪起起伏伏起起伏伏起起伏伏

2018 09 10 寫於 竹南 夢田農莊
2017 11 13 攝於 日本 山梨縣 河口湖

煙靄之蓮

中年之後　就在半夢半醒之間
偶爾想念的那個人
會突然穿越陣陣起伏的霧靄　踏浪而來
純淨而柔軟　縹緲而切實
像一朵煙靄中浮出水面的紅蓮

這一朵冉冉升起的煙靄之蓮
花瓣會悄悄翻開那本塵封的記事本
讓感傷好好再溫習一遍

生命的殘缺漸漸得到圓滿
生命的遺憾慢慢得到體諒
生命的疲憊稍稍得到喘息

我們的交會雖然短暫卻散發永恆的光芒
每當妳自夢中蓮塘中冉冉升起
我的心湖就會澄清平靜
彷彿一道暖流緩緩蒸騰起愛的煙霧

2016 12 09 寫於 竹南 夢田農莊
2014 07 20 攝於 新北 金山

揹著月亮散步

我揹著月亮在楓林小徑散步
影子揹著我在月光下散步
風吹動紅葉吹皺了影子
患了重感冒的影子彎著腰咳嗽嘆息

都約定好了
我的影子不再想念妳的影子
當流雲遮掩月光的剎那間
理性的影子還是管不住感性的影子

出雲彎月宛如一把亮晃晃銀刀

拾一片纖維化楓葉作紗布
包紮影子被彎月割破的傷口
我用雙手緊緊抱住即將消失的影子
月亮用淡藍色柔光輕輕摸撫我的臉龐

39
2014 12 02 寫於 竹南 夢田農莊
2014 11 04 攝於 青森 中野神社 日本国（夜曝）

球狀閃電

感情經過長時間的蒸餾形成雷雨胞
這個家裡呀
怨言猶如球狀閃電
不定時就給你滾來個大雷爆

用棒球來形容一下球狀閃電
進壘點一開始彷彿是直球對決
突然轉為滑球曲球變速球指叉球伸卡球
飄忽不定的球路考驗你的選球對戰功力

閃電後默數十五下就會出現雷爆
避免球狀閃電雷擊的教戰守策是
先將感情遙控器切回韓劇的頻道
臉上堆滿蠢兮兮的幸福光芒
不然頭髮會被炸成像馬力筋草爆開的絨毛

2021 06 15 寫於 竹南 夢田農莊
2016 07 04 攝於 合歡山主峰 雷雨胞

即使世界僅僅剩下我們兩個

即使世界僅僅剩下我們兩個
我們仍然還是會各自走在獨立的平行路
雖然真心相愛一起走向白頭
我的世界其實並無法涵蓋妳的世界

婚姻是我倆疏遠的初始
即使世界僅僅剩下我們兩個
我們仍然會疏遠　復合　冷漠　重燃戀情
慢慢摸索尊重
用更多的愛來包容感情的褪色

原來愛情是一直都存在著的
只是要用心才能看得清楚

即使世界僅僅剩下我們兩個
因為愛我們繼續走向路的盡頭
缺乏想像力卻又感人肺腑的這種劇本
仍然會一遍一遍的重複上演

41

2017 04 22 寫於 竹南 夢田農莊
2016 04 11 攝於 山梨 河口湖 日本国
※ 這張作品榮獲：2021 MIFA 莫斯科國際攝影賽 婚紗類 金牌

阿祖底咧車衫仔褲

噠噠嘎嘎喀嚓喀嚓噠噠嘎嘎喀嚓喀嚓
幽微光影下傳來熟悉細碎的機械聲
斑斑駁駁的褪色磚牆角落
是阿祖底咧車衫仔褲

九十年來她總是忙個不休
春耕夏耘秋收冬藏
忙碌的餵飽一家人飢餓的嘴巴
歲月雖然悄悄在臉上蔓延開來
忙碌的她幾乎忘記了有時間抱怨

噠噠嘎嘎喀嚓喀嚓噠噠嘎嘎喀嚓喀嚓
阿祖的古早縫紉機
車縫過我們兄弟姐妹的衣褲
車縫過孫子孫女外孫們的衣褲
車縫過乾孫乾孫女們的衣服與褲子

阿祖輕輕踩踏縫紉機
衣衫上重重車縫著深深期許的經緯線
阿祖說
經線是深度　咱作人態度要頂天立地
緯線是廣度　咱作人心胸要開闊寬容

42

2021 07 15 寫於 竹南 夢田農莊
2021 02 06 攝於 苑裡 東里家風
※ 這張作品榮獲：2021 MIFA 莫斯科國際攝影賽 人物／文化類別 金牌

戀戀風塵

天燈冉冉升起
紅鏽色鐵道依然彎彎曲曲
每年這個季節
春風會讓菁桐車站彈奏起戀曲

女人們在戀戀風塵的愛情故事裡
化作一株專屬於愛情的女人花
鐵道天燈則蔓生成為花莖與花萼

光陰荏苒
當天燈再度冉冉升起
當紅鏽色鐵道依然彎彎曲曲
當愛情已經成為往事

紫薇白蓮玫瑰牡丹金線菊
女人花每年還是會再綻開一次

2021 05 20 寫於 新北 菁桐車站
2016 02 11 攝於 新北 菁桐車站

讀一杯咖啡

閱讀一杯咖啡
黑色的波光瀲瀲閃動著時間的律動
被凍結的時間裡蕩漾著
咖啡豆一生的美麗與哀愁
曝曬的陽光呼吸的空氣和飲啜的水

閱讀一杯咖啡
閱讀濾布過濾時間雜質的 SOP
閱讀咖啡的香氣可以感動時間讓它暫停
閱讀感情的重力可以改變時間的流速

約妳喝一杯離別的咖啡
選在時間流淌緩慢的小城
妳黑色眼珠波光瀲瀲如咖啡流轉
味道依舊是又濃又厚又柔軟綿密

閱讀著妳的眼睛
閱讀著一杯咖啡的美麗與哀愁

2017 07 31 寫於 竹南 夢田農莊
2018 07 27 攝於 竹南 麵包工坊

漣漪

水開花了　花兒謝了
一夜激情　像漣漪
妳說這樣已經足夠了

水開花了　花兒謝了
妳說究竟愛情的夢終於開花結果了

女人就像一池平靜苦悶的池水　妳說
渴望著一番悸動來吹皺
愛情就像池水激起的漣漪
像水的開花結果

現實生活中的女人是柔弱的壓抑的　妳說
女人的愛情就像是漣漪
是一種命定
一生美麗過一次就已經足夠

你愛我嗎　恨我嗎　怨我嗎　念我嗎
激情的漣漪一圈圈向外蔓延慢慢的平靜

你愛我嗎　恨我嗎　怨我嗎　念我嗎
曾經被吹皺的愛的漣漪
會霜凍成一圈圈晶瑩剔透的年輪
時時刻刻浮浮沉沉在心湖深處

2017 08 19 寫於 竹南 夢田農莊
2016 11 23 攝於 日本 大阪城公園外護城河

電扶梯

夢中幽黑暗淡的轉運站
一位一位長輩的人影
搭著沒有盡頭電扶梯
緩緩上升到雲端然後蒸發成灰雲然後消失

時間是死亡的輸送帶
年長者慢慢被推向電扶梯的頂端
年少者慢慢變得年長變得更老然後死亡

宿命是一本印刷完成的書
你拚命去解釋它也不會更改一個字

這還真是一種難以承受的如釋重負呀

46

2021 06 04 寫於 竹南 夢田農莊
2016 05 05 攝於 臺北 虎山步道

第二部

詩境

銀河四超人
2016 07 04 攝於 合歡山主峰 瑪雅平臺
※ 這張作品榮獲：2019 TIFA 東京國際攝影賽 風景類 金牌

冬季的北海道不適合想念故人

穿過縣界長長的隧道
便是雪國
穿過縣界長長的隧道
還是雪國
北海道的冬季一片白茫茫

冬季的北海道不適合想念故人
一場大雪之後
天空太澄藍　杉林太空靈
空氣太冷靜　回憶太清晰
凍結在空中的妝容太明亮

遊覽車顛顛簸簸白茫茫的夢中
妳輕輕的搖醒我
剛剛呀你已經沉睡了 110 公里呢

47

2020 11 02 寫於 竹南 夢田農莊
2020 02 16 攝於 北海道 札幌

一條重疊著春夏秋冬的小徑

好特別的一條小徑

彎彎曲曲幽幽長長

一字排開著春夏秋冬四季風景

我們虔誠的走在風景裡走向未來

小憩時頻頻回顧細細咀嚼

春夏秋冬

夏秋冬春

秋冬春夏

冬春夏秋

綿延而來抽象又寫實的風景

山麓是春山脊是夏鞍部是秋山頂是冬

一步三嘆三步一回頭

這條彎曲的小徑將通向何處呀

是通往 遙遠的 遙遠的 遙遠的 往昔

2019 11 07 寫於 竹南 夢田農莊
2019 10 20 攝於 四川 亞丁風景區

色
涸
涸
流
淌
而
下

陽光掀起石門山霧的薄紗
玉山杜鵑吱吱喁喁喧喧鬧鬧
五顏六色鋪滿斜坡的花朵拉筋舒展
色　涸涸流淌而下

被陽光蒸熱過的嵐霧
猶如三溫暖的氣流在山谷間迴蕩
過山風也順勢在霧背後推了一把

石門山北稜峭壁
嫣紅粉紅粉白玉山高山杜鵑
被蒸出汗珠的臉龐嬌豔欲滴
順著斜斜斜斜斜的岩盤溜滑梯
色　涸涸流淌而下

49

2017 06 02 寫於 竹南 夢田農莊
2016 05 12 攝於 石門山 合歡群峰

楓葉窗簾

濃藍夜色將楓樹編織成一幔窗簾
層層疊疊的紅葉豔光四射蔓延
把冷冷洌洌的黑夜隔絕在外

只讓白頭偕老的富士山留下來
只讓星星知我心的星子們盪進來
只讓藍調的愛情相片浮出水面

山中湖的深秋夜空濃藍
藍得冰冷纖弱又有些多愁善感
宛如楓葉飄落的愛的遺憾
讓人想要痛哭一場

晨光蒸騰起滿湖水霧也蒸走了星夜
想此時另一處楓葉窗簾裡
妳是否正在整理回憶打包愛情呢

2017 11 28 寫於 竹南 夢田農莊
2017 11 15 攝於 日本 山梨縣 山中湖

一隻蝴蝶停在出水口

一隻粉橘色的蝴蝶停在出水口
停在日月潭
停在水社大山旁　喝水
牠說　是呀
翅膀會慢慢變黃　慢慢變淡
然後振翅高飛
天空開始漸漸發亮

一隻粉橘色的蝴蝶停在入水口
停在日月潭
停在集集大山旁　喝水
牠說　是呀
翅膀會慢慢變紅　慢慢變紫
然後席地而眠
天空漸漸濃鉛漸漸濃藍

51

2020 01 17 寫於 竹南 夢田農莊
2015 01 27 攝於 南投 日月潭出水口

愛情的新冠肺炎

掛上電話的瞬間

心彷彿被高跟鞋鞋跟狠狠踩在地上

碎了一地的影子和勃根地紅酒瓶

愛情的新冠肺炎

病毒　正在子夜的空氣中散播著

掛完電話的瞬間

每吸一口空氣都像在溺水

心與肺都被酒瓶的碎玻璃割傷

血管噴出令人暈眩的玫瑰紅酒漿

唉唉唉這病毒凶猛狡詐又善於變種

我們被確診的愛情新冠肺炎呀

醫藥界還找不到完全有效的疫苗與解方

2020 03 23 寫於 竹南 夢田農莊
2020 03 15 攝於 林口 水牛坑
模特兒：臺灣名模 賴心雅

攝
影
·
詩
II

129

佛光　螢語　話傷情

一盞盞初夏亮晶晶的聲音
穿透夜的軀體
流竄在獅頭山水濂洞的螢火蟲小溪
交織起一串串晶瑩剔透的傷情曲線

紅褐色岩洞外
螢火蟲飄飛著閃閃爍爍的遺憾回憶
紅褐色岩洞內
佛祖的法像慈祥到近乎淡漠無情

山裡不只有風景　也會有風風雨雨

有些情傷能繃緊神經來寫實面對
有些情傷只能擱在一旁任它發炎消炎

53

2017 05 16 寫於 竹南 夢田農莊
2017 05 11 攝於 峨眉鄉 水濂洞

修修剪剪的愛情

他們說婚姻是愛情走進墳場的時刻
我倒說婚姻應該是愛情踏入了園藝店
修修剪剪兩棵枝椏賈張的個性來成就愛情的昇華

我用裝瘋賣傻來迎合妳碎碎唸時的平平仄仄
妳用裝聾作啞來聆聽我道貌岸然談論著之乎者也
我們用爭吵和解淚水歡笑誤解包容
來說文解字這篇婚姻愛情的起承轉合

修修剪剪修修剪　平平仄仄平平仄
妳修我剪　妳儂我儂
修剪對方成一棵圓滾滾的玉山圓柏

仄仄平平仄仄平　剪剪修修剪剪修
我修妳剪　我儂妳儂
冬雪很輕易的就將圓柏青絲染成白頭

2017 01 13 寫於 竹南 夢田農莊
2015 03 06 攝於 嘉義 朴子溪防汛洪道

醉中八仙詩

李白　醉了喜歡潛入水底撈明月

杜甫　醉了愛發豪語要蓋社會住宅

王維　醉了就約好王翰西出陽關採葡萄

妳醉了　妳說妳剛剛看到我新練成的二頭肌

美酒讓人醺醉　美食讓人口醉

美景讓人陶醉　美音讓人神醉

美事讓人沉醉　美德讓人麻醉

美人讓人迷醉　美夢讓人宿醉

曹操　醉了就走進卡拉 OK 點唱一首短歌行

清照　醉了總愛逛逛雙溪划划蚱蜢舟消消萬古閒愁

柳永　醉了就仰首對著長亭吟嘆楊柳岸曉風殘月

當我八分醉的時候呀

宛如李商隱夢中的莊周的夢中的那隻蝴蝶

隨著妳撥彈錦瑟的音符　翩翩起舞　飛來飛去

55

2014 06 08 寫於 竹南 夢田農莊
2014 06 07 攝於 造橋 南瓜節

往事如風

多年以前
的妳　像一陣有曲線的風
輕輕拂過柳樹枝條　拂弄我的窗簾
風的曲線像妳粉頸的弧度被輕輕呵氣微顫

風輕輕的吹
景物又飄盪到了從前
時間悄悄地過濾了酸澀與苦味
風輕輕載著甜甜的柚子花香氣
拂過妳長髮的曲線腰身的曲線小腿的曲線

今夜　我以雙手枕著風
多年之後
當年的風還在輕輕的吹弄我新掛裝的窗簾

此刻我正輕輕的想問問
這有點兒柚子花甜香味的風呀
夜裡將如何輕輕的吹拂著熟睡的妳
髮絲的曲線眉毛的曲線脖頸的曲線腰身的曲線

56
2018 04 23 寫於 竹南 夢田農莊
2017 04 23 攝於 嘉義 番路鄉（天宮石斛蘭）

情婦

二十層樓高的粉紅色小套房
住著我的情婦
她說滿滿的思念
唯有從陽臺遠遠的眺望才得以慰藉

我的情婦送我一把房門的鑰匙
她說她的心鎖只有我能夠打開
我第一次看見愛情在我的眼前盛開
像一朵聖潔的孤挺花

我的情婦其實藏有三把鑰匙
散發著三種不同花朵的癡情香氣
隨時傳送深情的思念給她的三位情人

二十樓高小套房住著一朵聖潔的孤挺花
攀升的電梯連接著沒有盡頭的快樂天堂
我的心變得有些兒冷酷有些兒歡喜
有些兒歡喜中參雜著有些兒困擾

57

2019 08 22 寫於 竹南 夢田農莊
2019 08 04 攝於 大溪 富桂園
模特兒：京劇名旦 余季柔
※ 這張作品榮獲：2019 BIFA 布達佩斯國際攝影賽 銀牌獎

愛の纖維化

秋霜染紅了綠葉

秋雨纖維化了葉肉

愛情紅透了緊接著便是枯萎與凋零

愛情也分春夏秋冬四季

當愛來臨時如翠綠枝葉蓊蓊鬱鬱

當愛情飄然遠去

纖維化的葉脈就成為我們愛的印記

曾經令人傷感的往日情事

猶如透明鏤空的葉脈纖維

這副愛情的美麗骸骨呀

總在夜深人靜時徘徊不去閃閃發光

拉長拉薄拉透想念的思緒

愛情終於纖維化了

把這副愛情骸骨重新曝曬一遍

故事也暖了眼眸也亮了心燈也明了

2017 12 15 寫於 竹南 夢田農莊
2017 11 16 攝於 日本 山梨縣

圈圈（視覺詩）

地球自轉把銀河旋轉成為星軌大圈圈
逆時針的颱風將雲團扭轉成為暴風圈
生命的追尋像極了田徑場赭紅競賽圈

女孩們甩動長髮成為愛情的甜甜圈
佛朗明哥女郎的裙襬搖曳成為激情紅圈圈
自行車轉動的車輪是追逐配偶的呼拉圈

真愛了就不要拐彎抹角轉圈圈
受傷了彷彿是吹皺一池春水的漣漪圈
愛情是永遠遺憾缺了一角的黑眼圈
回憶總會站在黑膠唱片踮著腳尖轉圈圈

2021 05 03 寫於 竹南 夢田農莊
2019 07 09 攝於 福建 霞浦

他愛我 他不愛我

斜倚在雪梨港藍花楹巨大的花傘下
女孩子碎花連身裙兜著滿滿的紫色落花
他愛我　他不愛我　他愛我　他不愛我
一朵朵墜落過的藍花楹又重新再墜落一次

她是讓春天紫色的風給困住了呀
浪漫而甜美　夢幻而迷惑
讓他湛藍的眼睛給困住了呀
他愛我　他不愛我　他愛我　他不愛我

她是正在戀愛呀
從剛剛到現在一直不停地在嘆著氣
藍花楹像紫水晶風鈴般叮噹叮噹作響
他愛我　他不愛我　他愛我　他不愛我

愛情最美麗的時刻總是發生在開頭
動情的那一瞬間
純淨甘甜得像藍花楹紫色的風鈴聲

2017 04 08 寫於 竹南 夢田農莊
2016 10 25 攝於 澳洲 新南威爾斯省格拉夫頓（Grafton）

瘦金體

初夏染紅的天空漸漸幻化成鉛紫色
海灘寧靜漸漸逼近
暮光逆照下的碎花白衣女子
宛如北宋石碑拓印出來的瘦金體

長得像隸書大篆小篆的女生們
一直在聊起去年夏天的情事
笑聲像卡士達醬一樣鬆軟顫動
唯有瘦金體的剪影哀愁顯得含情脈脈

只有女人才能死心塌地的愛一個人吧

瘦金體是一幅古典愛情的工筆畫
瘦金體像一株波斯菊迎風嘆息搖曳
瘦金體是一種善於等待的寬容與堅毅

2021 05 21 寫於 竹南 夢田農莊
2021 04 16 攝於 淡水 紅毛城
模特兒：音樂才女 林垂垂

裝滿時間的水晶玻璃瓶

將不同的時間裝滿在透明的水晶瓶
玻璃瓶就會呈現不同的顏色溫度

少年的玻璃瓶是青春的蘋果綠
青年的玻璃瓶是浪漫的嫩粉紅
壯年的玻璃瓶是陽光的金黃橘
老年的玻璃瓶則泛著燦爛的白銀灰

時間的顏色也可以混搭
讓少年人心中住著一個世故的老靈魂
讓老年人心中住著一位天真的小屁孩
讓壯年人心中住著一顆浪漫的青蘋果

叮叮噹噹叮叮噹噹叮叮噹噹的顏色
錯落跌宕跳躍在老年人的午夜夢境
用淚珠音符寫成的五線譜上

2021 06 03 寫於 竹南 夢田農莊
2021 04 16 攝於 淡水 紅毛城
模特兒：音樂才女 林垂垂

飄
啊
飄
啊
飄
啊
飄
啊

飄啊飄啊飄啊飄啊　白色的雲朵是情萌
飄啊飄啊飄啊飄啊　彩色的雲朵是情愛
飄啊飄啊飄啊飄啊　灰色的雲朵是忡忡
飄啊飄啊飄啊飄啊　黑色的雲朵是哀愁

遙想當年初相逢　妳
圓潤潤的臉龐似初生的純淨白雲朵
脖頸泛紅像透亮的釉裡紅白瓷碗

遙想當年初相逢　妳
鮮奶油似的絮語巧克力般的呢喃
滑潤婉轉如幸福青鳥織就的愛情五線譜

飄啊飄啊飄啊飄啊　白色的雲團黶成了蒼狗
飄啊飄啊飄啊飄啊　鉛紫的暮色濃成了黑夜
飄啊飄啊飄啊飄啊　藍調的星空中有白雲
飄啊飄啊飄啊飄啊
飄進了夢裡的白雲呀軟軟綿綿閃閃發亮

2018 07 01 寫於 竹南 夢田農莊
2014 12 09 攝於 南投 日月潭

伏流水

潛伏在婚姻陰影下的愛情
像黑色岩盤下激蕩的伏流水
甘沁甜蜜卻沒有勇氣敢去開鑿

心靈契合的親密情感
像絲絨軟墊輕輕托住雙方的孤獨
還君明珠雙淚垂的相知與遺憾
讓激情始終派不上用場

知所進退的愛情
如同地底岩盤下激蕩的伏流水
涓涓流泉依舊生機勃勃的潮湧

他們正在等待某件事的發生來鑿穿岩盤
裝糊塗是讓愛情存活下去的最佳方法

2021 06 10 寫於 竹南 夢田農莊
2014 11 18 攝於 日本 仙娥瀑布

校正回歸（重逢）

日月潭的天空正吹著很薄很透的玻璃球
灑染著橘黃綠藍的潑墨顏料

狹路相逢在出水口步道小徑
我們尚未準備好的心情
讓問候聲生澀的有點兒行禮如儀
彷彿回音從井底深處膨脹傳遞

那些經過分手後才能校正回歸的往事
宛如絲絨般柔柔的草花香氣
將我們團團包圍
瀰漫瀰漫瀰漫到了滿溢

我們一起坐在日月潭湖畔草原
身旁放著一瓶酒
聊著旅行的趣事　絕口不談人生

2021 06 09 寫於 竹南 夢田農莊
2014 12 09 攝於 日月潭 出水口

暮色濃成了夜

暮色濃成了夜
夜色濃成了靜

夜靜地聽得見牛群反芻的咀嚼聲
夜靜地聽得見蟋蟀合唱的瀑布聲
夜靜地聽得見玉米生長的抽芽聲

鐘擺在牆上擺盪著警醒的滴答聲
威士忌與香菸裊裊迴繞
又是一個寂寥無眠的靜夜思

夜色薄成了曉
曉色薄成了霧
薄薄的霧覆蓋著薄薄的過去和未來

2021 06 17 寫於 竹南 夢田農莊
2017 03 09 攝於 南投 金龍山

生命之樹

海灘在橘色暮光下閃閃發亮

沙河把灘塗拉花成兩棵生命之樹

漁婦們挑著竹籃子行走在大樹與大樹之間

父親扛著溼重的漁網微笑回來了

烏仁伯也揮灑汗水微笑走回來了

金福叔步履蹣跚也微笑走回來了

豐收的漁獲讓生命暫時得以喘息

生命之樹靜靜地平躺在金色海灘上

人們日復一日行走其間

雖然生命的信仰曾經滿潮也曾經退潮過

2021 06 19 寫於 竹南 夢田農莊
2016 08 10 攝於 福建 霞浦
※ 這組照片榮獲：2020 TIFA 東京國際攝影賽 金牌 & TIFA 東京賽「Top 5」評審團大獎；
    2019 MIFA 莫斯科國際攝影賽 金牌

戲夢人生

華燈初上的臺中歌劇院
倒映在寧靜水池的玻璃帷幕宛如金彩瓷瓶
熙熙攘攘的人們行走在鏡面倒影
彷彿元神出竅漂浮在夢境之間

臺中歌劇院
舞台上表演著反映人生的精彩戲劇
現實人生也正投映進舞台的戲劇中

我們彩妝著生旦淨末丑的臉譜
在人生劇場舞台粉墨登場優雅謝幕
演古勸今插科打諢喜怒哀樂有色有聲

以戲劇演繹著人生以人生演繹著戲劇

2021 06 25 寫於 竹南 夢田農莊
2017 09 21 攝於 臺中歌劇院
※ 這張作品榮獲：2019 美國 IPA 攝影國際攝影賽（攝影界奧斯卡獎）建築類 金牌

礦工回憶錄
2019-2020 年共拍 7 次 攝於 新北市 平溪區 平溪礦業博物館
※這系列相片榮獲：2020 PX3 法國國際攝影賽金牌 與 類別冠軍；
　IPA 美國國際攝影賽 銀牌。其他國際賽金牌 10 多面

相由心生 ——

如何利用文學、詩歌提升攝影作品到「詩中有畫・畫中有詩」的藝術人文境界

　　《攝影・詩 II》，是我融合文學詩歌與攝影為一體的第二本創作。因此特別竭盡心力，希望能用深入淺出的文字，讓攝影愛好者循序漸進地提升攝影作品的境界，讓自己的攝影藝術更上層樓。

　　很多攝友常常問我，您的攝影作品除了經常在國際攝影大賽中奪金外，也多了一分撫慰人心的人文感情厚度與詩情畫意，這究竟是如何辦到的呢？是不是有什麼祕訣，能不能教教我們呢？

　　我的回答是：當然可以教學相長，而且是知無不言，言無不盡！

　　首先，我簡單的來談談「攝影」。其實學攝影與學武功一樣，也有分「內功」和「外功」。

　　「內功」心法，如果我們借用金庸武俠小說，最出名經典的「內功」有：九陽神功、九陰神功、乾坤大挪移、武當太極神功、北冥神功、少林易筋經等。如果類比成「攝影」，指的就是「攝影境界」。

　　「外功」就是武功招式，如少林三十六絕技、武當太極拳太極劍；降龍十八掌；獨孤九劍等武功招式。如果比較成攝影，指的就是「攝影技巧」。

　　本篇文章要分享的內容，主要著重在「攝影內功」也就是「攝影境界」，也算是為「攝影與詩」能完美融合，創造詩中有畫畫

中有詩的境界做註解。另外，會用四分之一版面概談「攝影的武功技巧」。

　　希望這篇文章能像少林絕學易筋經一般，讓好友們在未來的攝影旅程能夠找到最有效率的終南捷徑；未來的攝影作品能夠脫胎換骨，達成「攝影境界與技巧」更上一層樓的創作表現。

壹、「相」「由」「心」「生」

1. 攝影與詩與其他藝術創作。不是影印事實，而是詮釋事實。每個創作者透過個不同特質的「心」來詮釋眼睛所看到的事實情景。

　　簡單解釋就是，我們這些「藝術創作者」將我們眼睛從現實世界中所接收到、看見的人、事、時、地、物，投射到「心」之後，透過「心」與「現實景物」來作一段「沉靜」的溝通對話，產生「化學變化」。最後再將化學變化所產生的「新現實」，轉變成能夠引發人類「共鳴」的可以溝通理解的符號，具體創作表現出來。這就是「藝術創作」。

　　表現的工具符號如果是文字，那麼藝術作品就成為「詩」或「文學」。

　　表現的符號如果是顏色光影線條，那麼藝術作品就成為「攝影」或是「畫」。

　　表現的符號工具如果是音符，那麼藝術作品就成為「音樂」了。

　　表現的符號如果是攝影機，那麼藝術作品就是電影。而且這些藝術作品是極端「個人化」，有個人特色與眾不同的。

2. 攝影與詩、文學、繪畫、音樂、雕塑書法、電影等藝術創作的創作原理是相同的。

依循上面的論述，如果一個人擁有清明澄淨的創作之心，他是可以同時跨足多項藝術創作，而且每種藝術創作都可以出類拔萃且偉大的。我們就來舉個例子……清末民初藝術大師李叔同（弘一大師）就是最佳範例。

弘一大師集詩、詞、書畫、篆刻、音樂、戲劇、文學，哲學，佛學於一身。而且每一個藝術品項的創作作品，都是登峰造極的大師級身手。

我來分享大家耳熟能詳的一些弘一大師李叔同先生的具體藝術成就。

　a. 音樂創作：畢業典禮常常在唱的，〈送別〉「長亭外，古道邊，芳草碧連天」。便是他的作品。音樂大師劉質平、吳夢非等便是他的學生。

　b. 繪畫：民初畫壇巨擘豐子愷，潘天壽……等繪畫大師都是他的學生。

　c. 「莫忘世上苦人多」韓國瑜常常講的宣傳金句，是李叔同大師的「對聯」書法創作作品。

由此可證攝影與詩與文學與繪畫與音樂與雕塑書法……等等藝術創作的創作原理是相同的。

3. 為什麼詮釋攝影、詩、藝術是極端個人化的呢？
　　因為「相由心生，人是獨一無二的」。

「相由心生」出自佛教經典《無常經》，佛曰：「世事無相，相由心生，可見之物，實為非物，可感之事，實為非事。物事皆空，實為心瘴，俗人之心，處處皆獄，惟有化世，堪為無我，我即為世，世即為我。」詮釋的就是「人心是獨一無二」的。

中國道家莊周在《莊子》一書的〈齊物論〉也有名句來詮釋

「人心是獨一無二」這種現象，這句話就是：「天地與我並生，而萬物與我為一」。

莊子這句話簡單來說，就是一種存在主義思想。就是「我」存在，世界存在。「我」消失，世界消失，我後來把它改為「天地與我同生，萬物隨我俱滅」作為我的座右銘，好像更具象、更好懂一些。

德國大文豪與哲學家歌德說：「很難找到兩片葉子形狀完全一樣，一千個人之中也很難找到兩個人在思想情感上完全協調。」

結論：因為人是獨一無二，所以創作出來的好的作品一定是有「個人特色」，或者說是「個人風格」的。

4. 為何心與萬事萬物的溝通需要「沉靜」呢？
找回人類從自然界傳承的與生俱來的自然靈力！

人類其實與生俱來的一些超越禽獸的「自然靈力」，因為「文明化」而退化殆盡。而這些與生俱來的「人類自然靈力」，需要靜謐的環境才能找回來。

因為不管身處在古代或現代，人們總是為了食、衣、住、行；柴、米、油、鹽、醬、醋、茶等生存事情，忙忙碌碌忙到心浮氣躁，因此心就靜不下來。心靈靜不下來，則人類從自然界傳承的與生俱來的「自然靈力」也就消滅殆盡，更遑論與萬事萬物靜下心來對話溝通了。

要跟自然界溝通唯有「靜」下心來，需要靈力回歸才能成功。

「人類自然靈力」到底有哪些呢？我想哲學家、宗教家、神學家、神祕主義學者們瞭解的更深入，我僅就大家都聽過的一些例證來作說明。

A. 電影《星際大戰》中談到的「原力」，我想就是類似「人類自然靈力」。而從電影中我們也看到，找尋原力訓練原力的方法，就是要有靜謐的環境和一顆「沉靜的心」。

B. 還是用電影舉例。《阿凡達》電影中,潘朵拉星球的納美人用頭髮神經與戰馬、翼龍作溝通,然後締結親密關係。當地球人火砲飛彈高科技武器要來毀滅潘朵拉星球之際,大地之母伊娃利用神經網絡呼喚星球神獸共同抵抗外侵的地球人,最後終於保住了潘朵拉星球。這也是在說明人類具有與生俱來的「自然靈力」。

C. 儒家亞聖孟子在〈告子上篇〉有談到找回「夜氣」,也是說明要找回「人類自然靈力」要有一顆「沉靜的心」。(「夜氣不足以存,則其違禽獸不遠矣」,古文太長太占篇幅,有興趣麻煩自行 Google 參考)所以很多藝術家在作創作時,尤其是關鍵時刻,都會挑選「寂靜的環境」或者是「夜晚」來進行藝術創作,就是要找回寧靜的心,人類自然靈力。

5. 共鳴

　　雖然「個人的心」是獨一無二的,但是「人類的特性」卻是共通的、相同的。因此,人類會為同樣的事情感動,會為同樣的事情喜怒哀樂。我們會因為長輩往生哭泣懷念;我們會為了新生命的誕生充滿喜悅;戀愛時甜蜜歡喜,失戀時遺憾哀愁;我們會因為事業成功而慶喜;為失敗挫折悔恨。美食令人滿足,音樂令人陶醉,生離死別讓人痛哭流涕,久旱甘霖讓人喜極而泣……等等。這在在都說明了人類的情感可以共鳴的。

　　當我們具備了一顆寧靜的心,一顆具備自然靈力可以與自然界溝通的心,再能清晰掌握住「人類感情共鳴點」。用這顆心來創作攝影,詩,文學,音樂,電影等藝術創作。相信藝術作品呈現出來的境界,一定會具有個人風格又能感動閱聽者,是成功而接近完美的作品。

6.「相」「由」「心」「生」

再重複一次，攝影、詩與藝術創作的 SOP 流程——

現實中的人、事、時、地、物 →「獨一無二的心」→「靜心對話」
→「化學變化」→「找尋共鳴點」→「創作」→「極端個人特質＋共
鳴度感染力」的「攝影與詩與藝術創作」作品

再重複一次。「詩」與「攝影」與「所有藝術創作」，用白話簡
單說明，就是同父同母同一血緣的兄弟姊妹。創作原理是相同的。

貳、「攝影、詩與藝術創作的內功心法」

「士先器識而後文藝」→「修心」→找尋你自己的生命定位，培養你的內心文化藝術底蘊。

弘一大師李叔同說：「先器識而後文藝」，譯為現代白話，大約
是首重人格修養，次重文藝學習。器：動詞是重視的意思。識：常識，
學識，見識，膽識⋯⋯更具體地說：「相由心生」，「相」就是攝影
與其他藝術具體呈現。而作品表現優劣的關鍵則在於「心」。

因此，要做一個好攝影師、藝術家，必先「修心」開拓個人胸襟
學養的底蘊，藉以找尋出自我在宇宙、在地球、在生命中的「定位」。

修習一顆獨一無二屬於個人的藝術好心。然後用智慧經驗解析出
「人類共鳴點」最後創作階段「相由心生」，讓心境心情自然具體成象。
這會讓你的攝影、藝術作品充滿人性，充滿個人魅力與豐沛的感染力
生命力。

「修心」的具體方法，我的建議是——旅行，「時間的旅行」＋「空間的旅行」。

「旅行」這兩個字在文字上的定義是：人透過步行或交通工具進

行「長距離」的位移。我定義自己的旅行則分作兩種——「時間的旅行」與「空間的旅行」。

一、「時間的旅行」就是「歷史的旅行」，也是「心靈深度的旅行」。

其實說簡單些，就是多讀好書或多看經典電影；書籍可以是文學、藝術學、哲學、史學、宗教學、科學……任何你覺得喜歡對你有幫助的書籍。電影則是文學創作濃縮加動態影像，可以用更簡單的播放觀看方式，讓我們吸收生命的養分。

歷史是我們無法經時光隧道而能重臨的 LIVE 現場。於是，我們藉由博覽群書、電影的心靈旅行，將人類由古迄今所發生的重大歷史事件，作一種反省和批判。知古鑑今，留下美好的正確的觀念，揚棄錯誤的罪惡的行為。最後再將知識內化成自我心靈的一部分。當我們明瞭人類在地球、在宇宙歷史上的地位，如恆河之沙渺小，我們自然而然會建立起謙遜豁達明智的人生觀。

這對於找尋自我，建立正確的人生觀，有極大的幫助。而且本身因為博覽群書創作力會源源不斷，不會有江郎才盡的疑慮。

唐朝詩聖杜甫詩句「讀書破萬卷，下筆如有神」，應該就是說這種時間的旅行對人類心靈成長的提升吧！

二、「空間的旅行」也就是「地理的旅行」，也是「心靈廣度的旅行」。

空間旅行，因為可以親身蒞臨觀看世界各個角落，這種旅行方式會讓人印象深刻，常常有莫大的感動。藉由空間旅行，親眼見到了名山大澤、奇花異草，不同類種族文化，總讓人驚呼連連；藉由空間旅行，親手觸摸了壯麗建築、歷史古蹟，莫不令人讚歎不已；藉由空間旅行，親身經歷了異國民情、奇風異俗，怎不讓

人嘖嘖稱奇。

　　空間的旅行有如拿廣角鏡頭看大千世界。在潛移默化之間，無形中增廣了見聞、開闊了胸襟。再經過與自己原來生長環境作比較，產生世界觀的化學作用。寬宏的世界觀慢慢地也會內化成為自我人生觀的一部分。

　　讓我們的心胸變得更客觀、更開闊。諺語說：「讀萬卷書不如行萬里路」，講的就是這種空間的旅行對人類心靈成長的好處吧！

　　「旅行」，我覺得最終的目的，還是要讓自己能夠認識自己、肯定自己，藉由時間旅行和空間旅行，將自己置身於不同歷史軌跡、不同地理地貌，將「我」擺放在大自然的律動中，再經由心與歷史、地理和自然界的對話，內化為個人成長的能量。旅行讓我們從自然律中，更清楚地定位自我存在的生命意義。

　　讓我們一起出發旅行吧！從「讀書破萬卷，下筆如有神」的時間旅行，到「讀萬卷書不如行萬里路」的空間旅行，到完成「六經皆我註腳」、「天地與我並生，而萬物與我為一」天人合一的「自我生命探索」深度旅行吧！

叁、「攝影，詩，與藝術創作的外功心法」──

修心＋勤練攝影技巧，內外兼修，是提升攝影與藝術創作的不二法門

　　如果時間、空間、旅行的「修心」，是攝影與藝術創作的「武功內功心法」，那麼「攝影技巧」就是「武功外功招式」。

　　我們再借用金庸大師的武俠小說來說明一下「外功；武功招式技巧」的重要性。

　　在金庸大師《天龍八部》這本書裡有提到。大理國王子段譽在無

量山石洞中，無意間習得逍遙派渾厚內功，叫做「北冥神功」，內力異常強大。但是段譽對於武功招式運功技巧不熟練，因此曠世奇功《六脈神劍》時靈時不靈，常常被土番國師鳩摩智《火焰刀》大傷，差點兒一命歸西。

這也證明「內功」要加上「外功」。唯有內外兼修，才能成為一代武學宗師。

另外一個例子發生在《倚天屠龍記》。少年張無忌被騙跌落山洞，無意間修得曠世奇功「九陽神功」，內力充盈澎湃舉世無雙。但是因為不會武功招式，下山時不慎跌落山谷摔斷雙腿，被峨嵋派修理。後來慢慢熟悉武功招式，在「光明頂一役」以精湛的內力搭配純熟的武功技巧，獨力對抗六大門派，拯救「明教」滅教危機。

這段故事也說明了，「內功」要加上「外功」才是武功修習的王道。

攝影技巧包羅萬象，從最基本的「快門」、「光圈」、「ISO」靈活搭配運用，到廣角鏡頭、中焦鏡頭、長焦鏡頭得心應手，都需要長時間砌磋琢磨勤加練習，以達到熟能生巧觸類旁通的精湛。另外如風景攝影、飛鳥攝影、微距、微光、風土民俗、人像攝影，不同領域的攝影有不同的拍攝技巧。也有很多名師開班授課。需要扎實練習，讓自己的攝影技巧時時突破升級。

這跟文學之文字掌握，繪畫之色彩掌握，音樂之音符掌握，道理相同。

當你找到了自己獨一無二的心境（內功），加上你對於攝影技巧的掌握到達爐火純青的地步（武功招式）。兩者融會貫通，就能創造出屬於自己獨特又美好的攝影作品。

攝影技巧部分因篇幅有限，就不在本篇文章贅述。

肆、用〔R〕、〔O〕、〔I〕來評審自己的攝影作品與其他藝術創作作品

就像「攝影比賽」、「文學比賽」、「音樂比賽」、「電影比賽」……藝術創作比賽都有一套評審標準來決定比賽名次。我這裡也借用廣告公司評選廣告作品的〔R〕、〔O〕、〔I〕三個評審重點。過濾劣質作品，保留優質作品。讓您的攝影創作能夠與眾不同，有自己的風格又同時能夠引發共鳴感動人心。

〔R〕，關聯性（Relevance）：攝影與詩與藝術的創意作品與創作者之間要有緊密的關聯性。也就是前面講的，創作者的獨特個人特質要與作品相聯結。簡單來說就是作品要辨識度高，有個人特色。

生長環境、家庭教育、社會經驗，造就了每個人獨一無二的個人特質。忠實真誠地內視自己的內心，讓攝影創作作品表現自己最真誠的真我心境。

在這裡個人「真性情」的呈現就變成攝影藝術創作很重要的元素。

有些攝影好友會說：看到前面論述又要學「內功」又要學「外功」。這樣子太難了。我分享的建議是只要能在攝影創作時不要畏首畏尾，真實呈現自己獨一無二的「真性情」，則任何階段的作品都能「偉大」。勇敢表現出自己，不管你是你是農夫，魚販菜販，工人，修車匠，老師，公務員……。忠實表現「真性情」的個人特質，作品都能偉大。舉例如下：

a. 素人畫家洪通無師自通，自創出獨樹一格的樸拙畫風，呈現他個人心目中的天地觀。

b. 林淵的石雕作品散見於埔里牛耳雕塑公園。

c. 七十多歲泰雅族阿嬤田秀菊，夾在眾多年輕參賽者之間，爆冷

門拿下第一屆 GEISAI TAIWAN 金獎。

〔O〕，原創性（Originality）：顧名思義就是前無古人的全新創意。

　　我在中文系上《文學概論》時，對一段話印象深刻。那段話是這麼寫的：「第一個用花形容女人的人是天才，第二個用花形容女人的人是蠢才！」用來說明創作上「原創性」的重要，是再恰當不過了。「原創性」，大概是這三個重點裡面最重要的元素。

　　我參加過全球各地大小型國際攝影賽事數百場。具有「原創性」的攝影作品，往往都是該項比賽的大贏家。

　　另外舉一個「原創性」得以永垂不朽的例子。唐朝詩人崔顥以一首〈黃鶴樓〉聞名遐邇。因為他是「原創者」，即使後來才冠古今詩仙李白，為了不讓崔顥專美於前，寫了〈鳳凰臺〉詩，與之抗衡。也無法撼動崔顥在中國詩史上的地位。由此可見，「原創性」對於藝術創作是多麼重要了。

　　閱讀比較這兩首唐詩絕唱吧！

崔顥〈黃鶴樓〉
昔人已乘黃鶴去，此地空餘黃鶴樓。
黃鶴一去不復返，白雲千載空悠悠。
晴川歷歷漢陽樹，芳草萋萋鸚鵡洲。
日暮鄉關何處是？煙波江上使人愁。

李白〈鳳凰臺〉
鳳凰臺上鳳凰遊，鳳去臺空江自流。
吳宮花草埋幽徑，晉代衣冠成古丘。
三山半落青天外，二水中分白鷺洲。
總為浮雲能蔽日，長安不見使人愁。

文學批評家針對二首詩評比李白不如崔顥。「原創性」是關鍵。

〔I〕，震撼力（Impact）：好的攝影藝術創意表現，不論是在文字上、視覺上，都要能具有撼動人心的強烈震撼力，讓人印象深刻感動。

「震撼力」（Impact），強調的是「視覺效果」。震撼力強大的攝影作品藝術作品，常常會讓閱聽者產生震撼共鳴回響，讓人驚嘆不已而給予作品很高的評價。

舉例來說同樣拍我們熟悉的《日月潭》，如果我們用「空拍」或取「刁鑽創新角度構圖」，推陳出新不墨守成規，則作品就會有很強大的震撼力。

簡單來說「震撼力」就是「不按牌理出牌」的創新作品。不墨守陳規，讓人捉摸不定，卻又能讓人對作品產生共鳴並且心悅誠服的讚嘆的說：「原來這場景也可以這樣拍攝呀！」。

如果再用「武功」來舉例：

金庸《笑傲江湖》書中，令狐沖從華山派劍宗第一高手師叔祖風清揚修習的「獨孤九劍」劍法。呈現出來的效果，便是最有「震撼力Impact」的代表典範。

攝影作品「震撼力」強大，也很容易在國際攝影賽獲得評審青睞，披金帶銀。

伍、結論

把握住「相由心生」的藝術創作SOP流程；勤奮修習攝影的「內功」與「外功」；時時用〔R〕〔O〕〔I〕來審查自己的攝影與藝術創作作品。相信大家的攝影創作作品，一定會愈來愈趨近於完美。

最後，預祝大家在未來攝影與藝術的創作旅途上，每一位都能精益求精更上層樓。為自己的生命留下精采的紀錄。

HELLO DESIGN HD00059

攝影・詩 II：
從 心 出 發 ， 相 由 心 生

作　　者	曾進發
特約編輯	劉素芬
美術設計	FE 設計
執行企劃	張瑋之

編輯總監	蘇清霖
董 事 長	趙政岷
出 版 者	時報文化出版企業股份有限公司
地　　址	108019 臺北市萬華區和平西路三段 240 號 4 樓
發行專線	(02) 2306-6842
讀者服務專線	0800-231-705・(02)2304-7103
讀者服務傳真	(02) 2304-6858
郵　　撥	19344724 時報文化出版公司
信　　箱	10899 台北華江橋郵局第 99 信箱
時報悅讀網	http://www.readingtimes.com.tw
法律顧問	理律法律事務所　陳長文律師、李念祖律師
印　　刷	金漾印刷有限公司
初版一刷	2021 年 8 月 20 日
定　　價	新臺幣 350 元

時報文化出版公司成立於 1975 年，並於 1999 年股票上櫃公開發行，於 2008 年脫離中時集團非屬旺中，以「尊重智慧與創意的文化事業」為信念。

Printed in Taiwan
ISBN 978-957-13-9245-5

攝影・詩 II：從心出發，相由心生／曾進發 著 . -- 初版 . -- 臺北市：時報文化，2021.08　176 面；16.5×21.5 公分 . --
（Hello Design 叢書；HD00059）　ISBN 978-957-13-9245-5（平裝）1. 文學　2. 詩集

863.51　　110011582